重庆市委宣传部、重庆市作家协会
文艺创作资助项目

白 火 焰

邓晓燕 著

北方联合出版传媒(集团)股份有限公司
春风文艺出版社
·沈 阳·

邓晓燕　女，重庆一中高中语文教师。诗作发表于《诗刊》《人民文学》《北京文学》《诗林》《诗潮》《星星》《诗歌月刊》等。出版诗集《格子里的光芒》。鲁迅文学院第十八届高研班学员。作品编入多种国家级选本。

每个指尖都长出锋利的刺

——《白火焰》序

张清华

1

盛开时，谁知道它
火烧的样子。满坡地喊
十来天的命。它要抓紧谁
谁能承载？它自焚的火焰
烧到谁的空白

又见到了某种久违的诗句。这是桃花，也是生命的普遍形式，主人公说到了一种古老的宿命，也说出了此在，说出了当下一刻的生命处境，它仿佛正盛放于桃树的枝干上，也仿佛在谁的心中，或是肉身的神经与皮肤之上。

"难道桃花它自有主张/凋落是自己的/花朵是春的面具。"这是邓晓燕的《关于桃花》中的诗句。它们也许并非是多么了不起的句子，但这是成熟的和纯粹的诗歌，是淡定中的激荡，是沸腾中的平静，或者反之亦然。它们是真正有灵魂和生命的诗句，是可以照见生命中的某一时刻的篇章。

很多年后，我再次读到她的作品，感到有一种突然的通透，或者开启。我感到她已经从一个略显散漫或莽撞的写作者，变成了一个擅长平衡的诗人，她原有的那种因为用力而带来的无章法的饱满，已经被节制和清晰、通透与明澈所替代。原来可能的似是而非，如今已变得十分有力和精确。这是很好的境界了，值得好好祝贺。

我想说，这是具有了智性成分的诗意，作者在惯常的或者朴素的事物中，开始看到自我生命的投影，并将个体的情愫，幻化为事理或者物理；当这些事理以准确的模样或姿态呈现之时，也成为诗人生命绽放的一刻。它们是对应的，彼此嵌入对方的形象之中，交相辉映，互为表里。

物我合一，这应该就是对情感和物象的处理的最佳情境了。

2

写作说到底，是写作者给自己找一个"受伤"的机会，人变得敏感和脆弱，与世俗和日常保持着奇怪的错位，甚至是紧张的关系，保持在语言会"突然降临"的状态之中，这种状态就好像随时准备被雷电击中，或是被刀锋划过一样。类似的感觉除非是写作的人，不能真正体会。所以，渐渐地，写作也犹如一种受刑，又恰似一种幸福的赴约，其中充满秘密的痛苦与不可言喻的甜蜜。因此，一个敏感的人必须能够承受这些矛盾的东西，并且在语言中将之安放妥帖，给予最准确和微妙的处置。

于是我们就读到了这样的句子：

> 翻来翻去地磨
> 有血没血地磨
> 苦难是一件衣服
> 穿在钝刀变锋利的必经之路

这是《磨刀》，也是磨铁般的生命之境，是生命的承受和炼化，对语言本身的施虐和救援，以及对于意义本身的追寻、打捞或铸造。能够写出这样句子的人，相信一定不是为赋新词强说愁的人，他或她，必定有哲学意义上的生命绝境的真正面对，有对于诗意的不曾妥协的淋漓尽致的体味。

这里已经呈现某种老辣，句子看似漫不经心，却又寒光闪闪，有斑斑血痕。

这样的作品，在邓晓燕的诗歌中绝不是个案，而是样本，是她近来的常态，即便是说将其作为方法，也不算夸张。

3

如果说到方法，我更愿意以接下来的这首《木桶传》为例，因为它彻底打破了一种主体的茧壳与幻象。一般而言，写作者不太愿意完全袒露自己，尤其是曾经的创伤。写作者会喜欢将自己的人格进行包裹或是美化，在实现了必要的隔离，或获得了自我的某种"安全感"之后，才进行观照或者抒情。我对这种近乎"那喀索斯式"的写作一向有所保留，而在晓燕这里，我高兴地看到，她已确定地超越了这种弱小的心理。

当然我无法判断她所写的这个人物真实与否，假定它是一种精神或命运的自况的话，那么我认为这个主人公是一位真正坚强而勇敢的女性。当她蒙受"生活之恶"，被视为一只"木桶"，且面对婚姻破裂的境况之时，她先是作为弱者悲伤地承受，继而是对自怨自艾自卑自叹的柔韧的反抗，然而最终，她却保有了真正的尊严。

"……当她满身碎片散落/它小心地——拾起/它认为这也是它生命失落的部分//她把所有的灯都打开/解放它潮湿的木质/陷入的刀痕/装满人世和她的全部孤寂——"

她走了。它退回来看自己
一只完美的桶该是什么样子
最开始光滑、干净
此后，爱上了深深的裂痕

你也可以认为这首诗的结尾是具有悲剧性的，软弱的，主人公受虐般地"爱上了深深的裂痕"，但在我看来，这种悲剧性的结尾恰恰是诚实和有力量的。

某种意义上，这首诗也是晓燕诗歌的一种质地，或者态度的体现。诗歌不是对于世界的反抗，更不是成功者的盛气凌人。成功和胜利本来就与诗歌无关，历史上那些让人传诵的和难忘的诗篇，说到底不都是对于生活和命运本身的承受吗？

4

自萨福以来，在众多女性诗人的写作中，抒情确乎是一种先天的优势与权利。在晓燕的作品中，我们同样可以看到这一点。但不同的是，她的抒情不是艾布拉姆斯所说的"泉"的奔涌，不是情感的单向的宣泄，而是一种内在的深刻的"精神的投影"。这使得她的诗歌具有了更多哲理的意味，其抒情也显得更加深沉和多面。而且，在其最近的诗歌中，我看到这种分析性的视角，几乎成了她的一个无处不在的方法。

在《冬天的炉具》中，她以充满智性的体认和分析，将一只冰冷的炉具，一个原本毫无诗意可能的器物诗化了，经由主体精神的投射，这只炉子在人化的困顿中升华出了生命的诉求，具有了燃烧的权利。这几乎可以说是点石成金，是一个神奇的幻化。

> 冬天的炉具需要重新生火
> 让自己找到活着的证据
> 它活着就是等待
> 等待一双手为它添柴

平心而论，这诗句或许并没有什么惊人之处，但我愿意对它表示推崇，因为它几乎是在诗歌停止的地方开始了发现。与莱蒙托夫的名篇《帆》一样，她为器物找到了命，使命与宿命，"不安分的帆儿却祈求风暴/仿佛风暴里才有宁静之邦"。对于一只帆船而言，大海与风暴才是属于它的宿命；对于一只炉具来说，哪怕再渺小，它也有燃烧的本能甚至权利。作者正是毫不犹豫地赋予了它这种权利。"火炉替死亡说话/说出活着之秘"，这样的句子，又显然超越了浪漫主义的诗意，它直面困境的真实和冷硬的洞若观火，显露了标准的现代主义气质。

这样的例证，在晓燕的作品中比比皆是，像《还是雪》中，她将自然之雪投射为生命之境，但又完好如初地保留了雪的物性，则是更好的一个境界了。

如果雪还是找不到未来
如果雪还是继续燃烧
这白色的火焰，是否还存在
这巨大的灰烬。这天空虚妄的炉灶

这已经接近于杰作了。读到这样的句子，我无法不承认作者的成熟，以及有些让人畏惧的高度。

5

写作者有时会沉迷于"精神的自传"，或是反复地描摹不同角度的"自画像"，这当然也是写作的常态。但这种精神自传如果把握得不好，便会成为一种"专断的自恋"，甚至自我的崇拜，这就比较糟糕了。如果主人公是成功人士，那么这种"职业照"或是"美人图"式的写作，将变得非常无趣，如果他变成思想家，那么这种"巨人式的自画像"则更为可怕，因为它会构成一种对读者的居高临下，一种傲慢的自我倾泻，或者教化的咄咄逼人。对于诗歌而言，这都是灾难。

在晓燕的诗歌中，我看到了朴素的和真实的精神映现，它可以是非常细节的"自拍"，也可以是十分散漫的对镜描摹，自我的处境与精神映射，构成了她写作的主要资源。这都没有问题，我所要特别予以肯定的，是她朴素的态度，她的泰然自若的自我曝光，仿佛不施粉黛的素面朝天，抑或是拒绝"美图"的真相袒露，这使得她所给予我们的这个主体的映象，是那样的客观和自然。

《一双手》可以是一个例子。它可以看作对于自恋式写作的刻意颠覆，但又显得完全不动声色。"一双手。我也说不清出生日期/反正我精心地养它/给予它磨砂乳、小白脸，春光/有趣的水/它渐渐开始变软变透明/甚至高贵。"这个开头显得非常具有"小布尔乔亚"的意味，如果止于这样的自我欣赏，那就令人厌腻；但这仅仅是开头，接下来是"它开始旅行/先在杜鹃树上摸到了火/第一次有灼伤的感觉/也第一次灵魂有摇动的音乐/第二次它握住了玫瑰的眼泪/它惊讶于这时令的忧郁/第三次反被玫瑰的刺弄伤//它跳了起来。左手与右手/互为恩人"……

它开始放弃旅行
挂在时间的身体上
作为废弃的时针和秒针
渐渐枯萎
它的每一个指尖
都长出锋利的刺

这双手也许是痛苦的，但我必须说，它们也真正抵达了诗意的境地，因为诗意必定是包含了痛苦和尖锐的，有了这双手，写作便不再是痛苦的事。

6

七八年前，也许更早，似乎是一个冬日，在某地作协所办的一个作家研习班上，我见到了邓晓燕。她把她写的诗给我看，遂有了印象。后来又或许见过一两次，但都未曾有过深谈。那时只记得她的诗写得蛮有力量，应是抒情写作的一派。

从那以后，晓燕便有时把她的作品寄我，或是以微信发给我看。我这个人一般是不太有以"老师"自居的勇气的，所以有时回应，有时也可能并未给出什么意见，但我也确实感觉到了她不断进步。而这一次，晓燕是作为重庆一中的语文老师，邀我为她将要付梓的诗集写几句话，而恰巧这几年，我所在的北师大国际写作中心正与重庆一中合作，在青少年中推行一点文学教育的实验，故又有了这一层关系，让我难以推辞。

这部《白火焰》读下来，让我又有了一重感慨，就是看到了一个生命的原生力量，看到了生命中的万千景致。某种意义上这种阅读是残酷的，对于具有"精神自传"意味的写作而言，阅读是一个近似"蠡测"甚至"窥探"的过程，对于他人的喜怒悲欢与爱恨情仇了解得越多，对人世认识的洞悉便会越多，而这些也都会反照和叠加到自己身上来。这当然也可能是一个受益的过程，但也一定有着过剩的五味杂陈和唏嘘感慨。

什么是"白火焰"？我最后才忽然想到，这个问题是不能回避的。认真读这首诗，答案似乎并不明确。但一部诗集读下来，我又不能不说，大概读懂了。白火焰一定是目视难及的火焰，因为火焰是黄色或红色的，即便是"纯青"的，也定然能够看到。但白火焰却是形而上的，"日光梦身穿何衣"是作者在诗中所问的，我无法回答，但作为读者，我感受到了这些作品的温度及其光亮，大约这就是那火焰本身了。

晓燕写出了有光亮和温度的诗，它们是日光梦，但更是生命本身的反射与镜像，是精神的自传。仅凭这一点，我也应该祝贺她。

谨以为序。

2019年12月27日

北京师范大学京师学堂

目　录

第一辑　木桶传

1

第二辑　猎物

第三辑　证据

第四辑　左腿之谜

第五辑　可爱的子弹

第一辑 木 桶 传

日 记 本

我估计在子夜
它就是一颗暗红之心
灯光下它小声说话
有寂寥的吹拂，它是
一朵半开的花

它有隐秘的通道
从花蕊到根
每一张页码
是一部灵魂的编年史
密密麻麻的花粉
溅到今生的伤口上

哦。这一颗
有虫豸啃噬的果核
这果香中的水与火
这命运暗哑的穿越

有时我怕靠近
仿佛我白昼的表演全被它
识破。夜晚它拿掉我的面具
哦。这滚烫的争斗或我
甘心地妥协
我可以把笔尖折断

但我坐在自己心的屋子真是
痛得幸运

我发誓什么都搁置
在通道里只说风说雨
说门框锁紧，说离开
窗台的暗影

就像一只飞鸟
甚至面对这幽深的湖面
我把羽翅收敛

关于桃花

盛开时，谁知道它
火烧的样子。满坡地喊
十来天的命。它要抓紧谁
谁能承载？它自焚的火焰
烧到谁的空白
春怜悯它。给它血、肉
也给它唾弃
这世界的短命鬼。贫穷。虚空之梦
深冬，这黑色的小骨头
拱出枝丫之外
站在山岗上。作为与大雪
对质的配物
现在满坡的花影。在开
我真的看不见它的骨头
它开得太专注了
把血开出来还有退路吗
把心吐出来还能回去吗
生命里的每一件事情都不是
自己所为。它自有安排
成功是别人的事
就像我和他。无心的花朵
却开出有心的街道
难道桃花它自有主张
凋落是自己的
花朵是春的面具

磨　刀

楼下有人在磨刀
声音尖厉，有时又嘶哑
尖厉，我估计没有清水的滋润
嘶哑，是有水后的磨难

说实话，刀在匠人手里
痛是必须的
翻来翻去地磨
有血没血地磨
苦难是一件衣服
穿在钝刀变锋利的必经之路

关键是和石头的战争
站在凹陷的磨刀石的胸上
这要命的搏斗如同撕裂
这撕裂又恰恰给了钝刀之光

钝刀知道，没有一种善是最终的
也没有一种恶是最初的
于是和这石头有永久的契约
其实钝刀更明白
石头被刀刃的锲入更要命

你的到来难道暗示了出口

有个绝好的说法
认为等待
似乎处在一切事物之上
它一方面充满了神力
一方面具备了优雅的禀性

事实上，难道不是它的出现
渴望打开了歌喉
这蓬勃的树枝
这风中的手势
这开花的石头。这爱

足以代表人类
把深渊的物质请出来
凤头麦鸡的哭泣、斑鸠的叫声
以及夜莺的鸣啭
都足以表达它们的感觉
森林在海之上，海在礁石之上
礁石在渴望之上

哦，越是悦耳的音乐
越是短暂越是忧郁
你的脚踝四面闪光，你的步履

神奇。你看：月亮低悬
它升起得很慢，多像一个囚徒
你的到来将它束缚

木 桶 传

她走一步看它一眼
因为她把她的故事讲完
它没有吱声

她和丈夫分居十五年，她是他的敌人
他是她结实的绳子
他们曾经爱过
可是现在当离婚申请摆在他的面前
他这根凶猛的绳子
越拉越紧

她只有哭泣
她把痛使劲往黑暗里倒
这储存世界燃料的桶
她希望它爆炸
可它结实、完整、有条不紊
咬紧自身的缝隙
当她满身碎片散落
它小心地一一拾起
它认为这也是它生命失落的部分

她把所有的灯都打开
解放它潮湿的木质
陷入的刀痕

装满人世和她的全部孤寂

她走了。它退回来看自己
一只完美的桶该是什么样子
最开始光滑、干净
此后，爱上了深深的裂痕

冬天的炉具

冬天的炉具需要重新生火
让自己找到活着的证据
它活着就是等待
等待一双手为它添柴
添火苗，添疼

火炉在一个角落已经
很久了。一块铁被搁置久了
就废了。它知道自己的际遇
过去，什么都放在它身上
一只快死去的麻雀在它颈上
它们相互盯了很久

其实，当严冬来临
当所有的家具僵硬成另一物质
只有炉具在释放另一种信号
它快走到生命的核心了

谁在说话？谁在那儿
撬开了它死去的灰烬
谁让它真正地站起来
走在雪花的中央。火光闪耀
"没有附件或声息，却隐含着

不朽之词"

火炉替死亡说话
说出活着之秘

还 是 雪

在冒险中，雪首先决定
把自己灌醉。借乌云之杯
这样就可以在天空中大胆地徜徉
或藏匿。你找不到我
我也看不见自己

这空幻的日子犹如海离开岸
奔涌的是自己的血
骨架都散了，还剩下什么

如果雪还是找不到未来
如果雪还是继续燃烧
这白色的火焰，是否还存在
这巨大的灰烬。这天空虚妄的炉灶

但是雪没想过
当它穿过命运的暗哑
谁等待它的溃败
谁送它一匹洁白的绸缎
这无底的深渊
这被鞋底踩得变灰的人
它赚取的正是它永远的花费

后来雪花停了

我听到了它一丝丝的声音
仿佛果树落下的叶子
仿佛夜听到了它手表的嘀嗒声

一 双 手

一双手。我也说不清出生日期
反正我精心地养它
给予它磨砂乳、小白脸，春光
有趣的水
它渐渐开始变软变透明
甚至高贵

它开始旅行
先在杜鹃树上摸到了火
第一次有灼伤的感觉
也第一次灵魂有摇动的音乐
第二次它握住了玫瑰的眼泪
它惊讶于这时令的忧郁
第三次反被玫瑰的刺弄伤

它跳了起来。左手与右手
互为恩人
它开始放弃旅行
挂在时间的身体上
作为废弃的时针和秒针
渐渐枯萎
它的每一个指尖
都长出锋利的刺

事　实

什么东西绊住了我
一条鱼被搁置在岸上
清澈的水中的呼吸呢
你气喘吁吁。到底企盼什么
口里念叨什么
难道每一次呼唤都体现在
每一粒快消失的水珠里

窗外一片灰色。冬天的牙齿很硬
两岸的树供奉铁、残枝
我知道阳台上的波斯菊为何
在怒放的花蕊里又长出
神奇的三个小花蕾

浪真的来了。可你还在那山坡上
你的脚紧紧靠着岩石
岩石有湿润的喉咙
它一边压住毒蛇一边为你承受风雨

你的腰弯曲。脸上有一道急迫的
信号。伸出的手正好有浪接着
"不通过我的绝望，别想接近我"
谁的声音从水面上传来
我知道离岸近了。只有一口气了

可我还在返回的路上。我感觉到
四周有毁灭的热力和寒冷
这的确是个讨厌的事实
把自己的欢乐和痛苦搅在一起
把自己的无知和罪孽搅在一起

在食堂和一个陌生人对坐

他一脸正经。吃饭时一直把头低着
左手有些颤抖

我一口一口吃着红烧鱼
一根一根缓慢地把刺取出
鱼的香味飘到窗外去了
冰凉的刺一根根躺在渣盘里

那么安静，仿佛各怀心事
紧张中我抬头看了他一眼
鬓角有几丝白发，如一截沉默的木头

木头从哪里来？乡村、城镇
收回视线。窗边几只鸟飞过
其实我也不想说什么
只觉得空气中散发出一种
奇怪的味道，仿佛烧焦了的鱼

又仿佛不是。几块红烧肉红着脸
难道它们也紧张于交谈
或互不相认各自的命运

地道里的女乞丐

其实，当一只流浪的小猫
邂逅一个流浪的乞丐
这场流浪就有了意义
那是一个星期天的下午，六点四十八分
仅存的阳光穿过地道
我看见女乞丐在左边的通道角睡着了
地道像一个长长的坟墓
幽深，暗黑又偶尔闪过一丝光
一床又黑又脏的棉絮裹在她身上
这个时代的废墟、多余的感叹号
可她脸上有一丝不易觉察的笑
一只猫，一只又瘦毛发又蓬乱的小花猫
躺在她脸上睡着了。四只"旷世"的眼睛
在哪里逡巡，暗合，交织？在哪里产生声音
我估计，小花猫的四个小脚
定会在她梦中开出四朵梅来
这芬芳定会浸入这现代墓穴
这五月的黄昏高贵与低贱谁知

小花猫的姿势有些奇异
前腿跪下，后腿站立，它为谁祈祷
还是忠诚地守候？我看见的一瞬
心仿佛被刀剖开又仿佛有光亮一闪

女乞丐的床是两层旧纸板拼接而成
她头上方的梯子有一堆她的家产
几件破衣裳，裂了口的塑料鞋
一个空空的碗。我想，这只猫的到场
恰好填补了这墓穴的空洞和苍凉
这戏剧性的嘴巴有多少难以翻译的台词
仿佛一场夜雨，又腐烂又新鲜

海　浪

以至于随着
旋涡在这儿散了架
所有的浪花在白费力
深海的悬崖
推揉着浪花的软骨头

可一浪生长一浪
一浪又捣塌一浪
每一朵都展开了它们的争夺
每一朵都由白转黑

一双手在海中央喊
那挥动那深渊或蓝色的火焰
那么多围栏中的鲜鱼或
自成美的珊瑚

浪花固执地推远了这些
从它的深陷里一跃而起
它用想象着的秩序养活着自己
大海仍旧粗犷
仍旧在里面加注新生的力

从一张白纸开始

有必要从一张白纸开始吗
那前世的记忆和裂缝呢
想象着自己存在于一种无限之中
想象着自己与无限之冲突
一根草、一片叶、一叶扁舟
什么被抹去

有必要从一张白纸开始吗
那么天空无限地大
水中可以跃马，山峦堆满雪
你在白纸之上？还是你去年的姿态
被删

有必要从一张白纸开始吗
它开的空旷和荒漠的花
游荡的四肢。它假扮的角色
耳朵在说话
鼻子去吃夜宵，手去抚摸虚无
不仅仅说出无边的生活

算了，从一张白纸出发吧
我摸到起笔、标点、泪滴
那朵特殊的大海上的白梅

怀抱嘉陵江

水太清澈，把庙宇的屋檐，屋檐上的
飞鸟甚至风吹乱了的树的惊惶
和盘托出。其实这几天我都在
脆薄的江面上走。梦里，高一脚
低一脚，怀抱一卷沧桑

你看，它拉着我的手向前跑
于是那浪像从天外飞来
我突然有些不知所措
满身的浪，是为我飞奔鼓掌还是
要了我的命。在巨大的波风浪谷
我不得呼吸，既被它
无情吞没，又被它高高托举

一条江到底背负了多少情感或风雨
它看我的眼神有时如一根针
有时又如撩人的烟尘
你看那块石头守在江边千年
又怎样呢？越来越瘦，越来越老
把时间层层叠叠披挂在身上

这几天我守护它，跟随它
偶尔用手触碰那玄乎的波纹
我立即收回。我感觉一江的水波

都是流云，都是幻觉，都是虚空
只有一只鸟在湖面上飞来飞去
在寻找它的故人

花是让人怀想的

下车时，看见你把头伸出窗外
知道你还在抱怨那朵花的真实
太娇艳了。花是让人怀想的
不是让眼睛享受的
你的心太大又太小了

让它开有什么不好呢
三月就是淫荡的日子
你看花汁咬着蝴蝶
你看蜜蜂执念花心
你看三月的唇醉满玫瑰

哦，你要下车，你要去阻止谁
你的眼里有忌恨
可茉莉还在你手里
你想怎么样？你去远方的计划
我刚才才知。你的冷漠刚好
与花的热烈抗衡

最终我下车了。我朝开花的方向走去
你还站在那里，如一朵云
被自身的雨淋得粉碎

空 城 计

那握过诗句感叹莫名的手
那指点春的词语深情款款的手
拉着我跑向油菜花地
琴弦悠扬，越拉越急的手

我不是你命中注定的人
我是你一抬头就看见的旧天气
南风继续吹，菊花依旧挂念
黄昏准时来临
你在水边写字。我在云朵里追随

每一次路上我都要你甜蜜的风
要你的指尖
你的笑
抱在怀里
它们是我傍晚的朋友和忧愁

关键的时刻，它们会叫醒阳光
从我双肩降落。向晚
经过了你的空城
我发现城门紧闭但琴弦激越

妥　协

可不可以把你吐出来的
那颗星留下来
它照亮的夜在哭，在赶路

可不可以把我最真的那句话
留下来，它穿过了无数险滩
还有最后一片净土、有棵芭茅草

还有伸过来的时间、伤口
弥漫的痛，我们自制的灵丹妙药

还有神奇的药香
它们漂洋过海，它们也心怀战栗
它们踮着自己的脚

还有跌跌撞撞的路
一条老街充满的衰败、生长的
野草、说话的百合

夜已经很深了，那些珍贵的叹息
那些拨出来的刺，一一摆在
命定的掌心，它们的讪笑
我们的痛多光荣、鲜丽和骄傲

夜已经很深了。一双手截断了河流
河流更猛，你送给我的桨已长大了
云在河流的深处表演
你配的台词，我有祝英台的唱腔

哦，不要怀疑一朵云的博文
请保留一分钟，就一分钟的命

它们各有司职，它们鲜活着的血
正滋养着我们荒芜的大地
就一分钟，一分钟的使命
让它去完成伤口中达成的协议

谁赠给世界的一句话

川端康成写道：凌晨四点醒来
发现海棠花未眠
我凌晨四点醒来，听见大货车
献给夜的雷声
估计它十吨的身子，七吨的肋骨
低微的命在粗暴地碾转

看到过很多的笨重之物
比如起舞的大象，一只脚支撑
旋转的技艺。眼里的泪
连同它欢喜一生的香蕉
比如某名山顶上一块悬着的巨石
几万年的修炼，独处的向高空
抓取的幸福和痛苦

我看过一辆大货车的侧翻
车上几吨的鸡蛋破碎
如果在凌晨四点想想
是一地哭泣的蛋黄蛋白分别之美
还是最黑的夜在土层里种植朝霞的
艰辛。我已经想不起那个司机
全身沾满蛋液蹲在公路边
哭泣的样子。只知道他侧翻的命
在凌晨四点钟是注定的

昨天，巴黎圣母院骄傲的塔尖被毁
谁能预知它八百年后的劫难
一把火烧掉的是世界的心
那些绝美的玻璃，那些易碎的花窗
那些说不出话的远古文明

就像此时，我老是想着
谁赠给世界的那一句话
"没有什么可以称为牢固的东西"
凌晨四点，我们可以把一块石头
向高空扔出去一会儿
然而实际情况是清晨所有的
碎片都会落下来

我想象着凌晨四点那雷一样的声音
一定是那大货车紧张着
怕遇上自身的危险
还有海棠花睁大的双眼
就像我一样，现在还躺在床上
可已经陷入了白昼易碎的璀璨

春天，悬崖边开出一朵野花

它的笑是危险的
它的姿态是危险的
它的出身也是危险的

它在等怎样的一双手呢
被大火烧坏了九个指头
被森林淹没成千上万的箭镞

它们紧张什么
或惊讶于这叛逆的幸福
一朵盛开的野花会引来怎样的
风暴或花蝴蝶

你看，它的双手在悬崖边挥舞
像是在做关于悬崖的陈述
并不因为我的路过而战栗

第二辑　猎　物

猎　物

突然她有一种疯狂的想法
想把这只小猫抱在怀里
换句话说，有只猫将她抱在怀里

没有人知道她在做什么
也不知道她现在在哪里
她平生第一次感到迟钝和无能
像猫一样

竹林深处有光在晃
一只蝴蝶走错了路
是猫先发现的

她与它说话
她也是一只蝴蝶
在往她期盼的火光里跳

就像一场梦里的火灾
猫在尽力逃亡，可又返回
她知道火光向上向下之舌
猎物是在场的复活

黄昏降临

爱上一片树叶不容易
我恰恰爱上它的虫眼、撕裂
或经过火烧伤的痕迹

爱上一片海不容易
我正好爱上它的波涛、风暴
或被浪掀翻了的船帆

爱上一个人不容易
他侧身而过，光芒被我捉住
它刺伤了我的眼，我痛着退回

那天我抱着那片死亡之叶
给破碎的船帆祭祀
爱情却走向我
它憔悴、含毒，柔弱

它美人一样的眼睛睁着
"和我一起穿过暴风魔镜
它的美是你的幸运"

黄昏降临，天边一道金色
一只飞鸟啄破了云层
大地似乎飞了起来
它头上分明有好看的阴影

关于大海

是白昼蓝色的搁浅
还是夜晚本身
所有的波涛都足以证明
它沉静过、咆哮过、嘶哑过

我想象不出它把日月抱在
怀里的满足或空洞
而这烫金的过去
炙烤着自己的肉、灵魂
满身的金子它真的在挣脱
浪踢开了它的虚荣
而这换来的银色的沉静
这刀刃上的水滴

所有的鱼都是它的妄想
水草是它的病
礁石是它的疑虑
连同匍匐的森林、夜、土地

海面，这无边遐想的原野
奔跑着怎样的马、军队
这无硝烟的兵器的万里征程
呈现它们怎样的疲惫

它们想征服什么什么就逃离
它们想杀害什么什么就永生
谁有野心谁死

大海到底是什么
旋涡的表情到底是面具
还是它紧抱核心之礼仪

每一艘船
都遵循它的生死
它既不预告也不做出结论
腐烂的沉船才明了
它最后的终结

不是深渊在说话
不是礁石在簇拥
不是巨鲸在蛮横
不是大等于无的道理

城市速写

由于亮光
霓虹灯上的灰尘清晰可见
里面人和物也清晰于自由生活

大街有摇曳的船头和会说话的帆
灯罩上飞出无数的海鸥或飞燕
谁预感了无数的战争和平和
如果船头灯盏熄灭，阴影加重

你看，钢筋混凝土多么张狂
九壁对峙
导致生活的疾病
汉渝路第三条大街上
游走着闲人。他们交换
冷漠的硬币。隧道
站着断臂卖画的乞丐
以及贩卖命运的人

黄昏，所有的甲壳虫恣意穿行
高楼和人群
在落叶下构成巨大的秘密

今晚一只苍蝇撞向商场的玻璃
紧接着是另外一只

这接连不断的事件意味着什么

突然停电了。在这个暴风雨的中心
所有的人将不能赴约或就职
大街像河流一样
沉沦。人们慌张于其间
可漆黑带来了前所未有的兴奋
去摸索，去挖掘
不可复制的历史
城市的声音都悬在那里
火车，轻轨，三轮，狗叫
都活出胜利的样子
一种内部的喘气

教堂里传来赞美诗
阳光成了空壳
教堂外面卖水果的小贩
叫喊，打破了高贵的礼仪
城市在晨光中
像抽象彩绘的玻璃窗间

有电了，人们从电影院的电梯上下来
亢奋或沮丧
没有人愿意取下罩在头顶上
城市的面具

有　人

有人在凌晨的江边
寻找一只手镯
有人在黄昏的房间里
点起一把火

"请还我旧生活
旧有的躯壳"

看见有人从风的
骨头缝里穿过
有人在秋日午后做完
一场石头之梦

"我只是物质的无用的外形"

有人在祖宗的坟头上休息
我只是自己的一只鸟
累了向我的石头奔来
变成石头

坟上开一朵玫瑰

我经过时，它像一朵红色幽灵
从没见过这惊魂的生命
是谁把它移植在这里
死者的亲人、朋友或他自己

花瓣呈椭圆形，三层堆积
仿佛坟之唇，又如来世之轻烟
飞出来的冻结或融化之心

我不敢用手触摸
我怕一摸它就飞了
坟就开了。开启的死魂灵
一万朵假花蕊
梁祝的蝴蝶在哪里
是怎样的一缕真香的逃离

我真猜不透这朵花
来这儿的机缘
是互为滋润，或是为死去的
一切唤醒

反 方 向

本来在撤离
可接触到柔软的藩篱之后
我改主意了

深陷湖水里的游泳
可是我才发现自己根本不会
我因自己的柔情而呛水
我要往岸上爬

可是我才知道
越往岸边呼吁
可脚却越爱着反方向

某一天夜里
湖水伸出一枝荷花
我看不清它天使般的面容
可是在我靠近它的那一瞬
才发现断在花蕊上的
蜜蜂的刺

双面都是空白

她开始怀疑那双手
是虚设的。空有十指雨滴
滑落在泥淖
空有雨之光返回到墙壁

它十个虚晃的手指
喜欢与影子配合
以便找到它的语言或真相
其实，隐秘的内部需要一种光
可当它对准光源
它发现伸向阳光的血
都是黑色的

所以，当它与另一双手结合
它被惊回。它知道自己掌心的内部
道路狭窄，沟壑混乱
模糊的命脉线在那儿迷途

究竟是什么风雨使那双手
过早地晦暗
诺言潜伏成镜子
双面都是空白
十指下垂
骨头从湖面上逃走

她想如果把这双手置入
茫然的木之碎片中
置于自己的波涛
它会不会在某个清晨逃离

通 过

那只鸟终于又回到这棵树上
已黄的树叶颤动了一下又一下
它相信它等待的意义
是水返回水，青草返回梦
一大早的鸟鸣衔着春泥
是一粒稻子熟了之后爬上楼梯
窗口叫收割
是脚步声经过。是捕捉到一只燕子
翅膀的倾斜，它的影子
穿过河流、桥、石磴
沙哑的声音开始复活。开始进入
整个冬天是它自己的主人
它躲在那棵树的边缘
那只鸟通过的部位
哦，一切都来了。都在预感之中
可为什么它的眼睛更亮又更沉默

防　线

经过了无数次的推倒和重建
浪花想表白什么

就像我，内心是蓝色的、平静的
但一旦有事
它冲动、破碎、力量的发现
把自己的头揪着，往一个方向上碰
仿佛碎裂了，骨头白了
梅花才一片片一朵朵一枝枝

没有谁知道哪一朵浪花
能永久地存在
只看见它们的骨架，但不见它们的
肉身。它们一旦活着就要回到
过去。在生和死之间撞击

它们的声音出奇地一致
就像我梦中的高音部
追击中的绚丽。生命中的雷鸣
低音部是贴着海面的风力
如低吼的骆驼、斑马、老虎
在水的森林里翻滚，绞痛

目睹了万物的防线。一旦被

岸召唤，就幸福地破碎
然后一一地拾起
一一地走过。成为自己的陌生

白桦树上的眼睛

把一只眼睛刻在白桦树上
是为了忘记还是铭记

记得那个黄昏，白桦林一片哗然
它怎么知道我带着火来

一把尖刀握在手里
我听见自己的哭在颤抖
白桦林在颤抖

一双眼睛落在前世
不！在刀尖上行走
谁伤了白桦林
谁又出卖了爱情

世上的眼睛千奇百怪
我要雕刻它的眼睛如花瓣

请给它以火、暴雨，练就复活
请给它以雪、灰烬、梦幻
让它凋落

雨就要下了

突然你把歌声掐断
你说：回家吧！雨就要下了
可我还愣在那里
听雨的脚步踩着自己的脚步

它们有什么旨意，想干什么
为什么恰到好处地来
四周黑了下来，犹如谁的脸

一双手在窗外挥舞
难道你想阻止雨，阻止该来的脚步
我忙着收拾电源、歌曲、关灯
我跟着你逃匿。雨开始猛烈

仿佛你前世就开始躲避这场雨
雨还是来了。在我们头顶
噼啪作响。还是来了
在我们的慌乱中

难道你听见了上帝的脚步
你说快跑，跑进自己的骨头
跑进自己错过的生活
雨抬着自己的尸体来了

逃离的计划

我制订了逃离的计划
一旦迷狂出现，我死死捂着它
让它见不得人
这还不够。焦虑不够
这山毛榉，这灌木丛
这善于钻营的藤萝
它们在拉拢我
跟我讲话。我再一次迷路

对于我自己，对于整座山
我看见了我喜欢的那块石头
安静、沉默，不说话
关键是三千年了
还是那么干净、整洁
我走向它，给它鞠躬
一个不可理喻的交流
猛然停下。说实话

在这昏暗的山顶，它更加不可知
星星闪着鬼火，月亮像
鸟破了血的翅膀，载着没有
交流的万物。我又是谁的客体呢

仿佛夜开始盘旋

只因盲目的心在沉沦
飞翔不是，不在这里
仿佛夜的狂妄触碰了山头

可是这有什么。我将失去
眼前的一切。夜色加重
我站在最后一级台阶
我宽恕了自己，也宽恕了一切

跳　舞

说不出与他跳舞的感觉
你看，所有的词语在狂奔
它们撞上了修辞的栅栏
动词有漏洞？光芒被折断

你看，我站在这舞厅
已经飞起来。我的飞翔靠风暴的速度
他包围了我的速度
旋律的呼吸，他旋转得游刃有余

有谁在大海涨潮时化成
柔软的月色？有谁在燃烧的盛夏
化为一滴起伏的蓝
又是谁把天堂打开，布满激情的华诞

天鹅在丝绸里叫
杏花如白云。他的舞姿
从三千年的苍山奔涌而来
一道闪电，彻底颠覆的池水
我低头的一瞬，无限绵延

我 选 择

我选择想他一瞬
然而实际情况是
所有的时间
都落下来。覆盖我
叫醒我，弄伤我
伤口的美几乎不可言说
于是，我走出庭院
到小路上去。去感受它
逼仄、塌陷、冰冷的石头
光荣地包围
去感受它痛到两边开满
鲜花的智慧
小路在我脚下
实际上我在小路的脚下

隐　喻

和暖的天气
增加了雪崩的危险
雪反复叮嘱自己
闭上眼睛、拉紧房门

可是阳光肆无忌惮地来
它们的打量多邪恶啊
雪山有了反抗的松弛

一群鸟飞过，有奇怪的声音
关键是雪山自己仰起头来

几千年的雪，这是它自己的梦
凝固的幸福的枷锁
通过仰望开始溃烂

四月，清晨的雨

四月的雨刚成熟
饱满的乳房、新生的嘴
清晰的纹理
那眯着的整个大地的思绪
我拉开窗帘的一瞬
满天的银丝，笔下的白火花
它微微有些战栗又泛红的梦呓
知道你会来，知道你的时间表
知道你对大地的体谅
变成玻璃、酒杯、酒
正落往远方

第三辑　证　据

证　据

一个抽屉放住宅的
抵押贷款
一个抽屉放
烧毁这个借据的手段
谁是谎言
我看着一个证据的摇晃
一根火柴的霸道
春天抵押着谁
为什么那么多的忧伤
李花飞雪成疾
难道又酸又涩的果实
是另一抽屉
我在春天的树下经过
我采摘了李花、桃花、梨花
我酿成的大祸
不过是熄灭了火源

伤　口

没有见到你之前，你把自己
锁紧。雾那么重
我想象着你内部鲜活的结构

现在你就在我面前
如一把伞一样打开
可你不是伞，是一条河
裂开了就合不上了
裂开是一种姿态，更是一种命

群山环绕你
几千年的口子，又长又深
谁能告诉我，你为什么
在深夜一次次展开？为什么把沉船
扣进你肉里？为什么你
养着的鱼继续啃噬你

伤口的美不可言喻
四月，你的病加深。你被岸上的
春挟持。痛的四月在你怀里
真的是花在你溃烂的细胞上滋长
真的是虫子的复活

四月，你的伤更深

偶尔你要站起来吼
那些倒影更把我挖空
那些虚幻的梦请走开

我看见你的脸抽搐
风搅着你的陈述
所有的回归都不是你的药
日子越来越旧
如一条蛇，在荒野中蛰伏

一条江永远是隐蔽痛的内核
你看，伤口爱上了水滴
炎症正化为火光。今夜我走向你
不爱你的浩瀚，只爱照亮的未知
今夜我亲吻你，我嗅到了
伤口对我的包围

电　线

先是给工人剪断或揉乱
然后又在第二年春被迫理顺
我却迫不及待地从中抽出
作为自己触电的理由

牵动它，怎能不死亡
我到底想干什么？一双手
被自己憎恶过了。逃离有用吗
那朵火花还在自己手上
越藏越深，越深越疼

我试着躲避，可是我却攥着
一截黄昏在我骨子里
一截墙竖在我骨子里
做出的姿势是推倒它
结果是靠紧

说实话，谁能撬动它
天空中的布局密密麻麻
谁能不看见它的光芒
它五湖四海的定力
照亮哪个时代的伤痕

白 火 焰

衣袖间藏有白火焰，你能看见
河流在脸上泛起波纹
你能看见帆，起飞的鹰
日光梦身穿何衣

难道满满的钟声已成废墟
古老的墙上只有死去的蝶
我们不能低估一棵黄桷树
今生还有多少月华
风雨梳理后还有多少夜的行程

有人看见一只白鸟在秋末的清晨起身
惊讶它的速度、方位、激情
它背负那么多美的岩石，又岂敢守留
你是一颗行星，那么多的天体
包围你，你的脸色不在火苗里

和一棵小树谈心

跟你谈白菜价
你就长出一根枝条
跟你谈电费
你只把小叶子拽了一下
跟你谈爱情
夕阳中你只把头亮了一秒

我站在山坡看你
这儿野草丛生，坟茔遍是
不。我不能站在这
死亡之高地

你开口讲话
最先吐出的字是麻雀
然后是一行诗
你是一棵杨槐
你在梦中开出白花

一棵树就这样长高了
清凌凌的眼神
没有遮拦。它什么都不稀罕

我站在你脚下
跟你谈狂风的方向

你只弯了一丁点腰
跟你谈山坡的断裂
你只把花瓣落在山的肩上
你的花香如一个年代贯穿

裙　子

我喜欢的裙子
希望它能听懂我走路的语言
裙摆宽阔
有摇曳的本领
把风、雨与发呆装在里面
然后让风又轻轻地撩起
看见那些记忆、伤感和易逝的美

最好领口高一些
让它挡住一些夜色
狂妄的斑鸠，会说话的森林
远离一些吧
领口会说话。它高贵、寂寞
贪恋。是引领人们的一种仪式

当然，我推崇束腰的款式
一个女人，腰是一种婉转
一种诗句，一个解不开的谜
一把钥匙。它千回百转，愁肠万结
竟与沉沦与上升有关
它喜欢与清风结盟，如流水一样
飘过去。你看，长裙。雪白的
蚕丝样冰凉的长裙飘过去
高跟鞋，高绾的发髻

它是我生命的一个符号
一个知己，另一个我
它偶尔有一些伤口
也有一些隐痛
对万物常常鞠躬
长裙拖地，那是对万物的礼拜
或虔诚的倾诉
有时一滴泪落在会说话的领口
腰上，裙摆上
有时一抹夕阳照亮了它们的全部

空 房 间

仿佛进入了一种梦幻
想象着眼前受伤的桌椅
向后退的窗帘
哭褪了色的伞，生锈的刀
还有一双失去能力的手

太阳从西边斜射过来
房间里，饥饿的呐喊部分
仿佛穿过身体，而且在我的
肝、肺、心脏之间安放了什么曲子
我突然感到了惊恐
"太可怕了!"
可是我发现，所有的阴影快速
爬向窗外

我成为这儿唯一的战线
我的红旗袍仿佛一面旗帜
我的手高举着，仿佛战火
空房间顿时有活命的痕迹

几秒后我的手臂垂下
退回到沉沉暮色
我想象着火终究要离去
另一个我要留下来
空房间终究有另一种活法

一片秋天的叶子

到底怎么了
一片好看的叶子
昨晚不说话
它看我的眼神多么
辽阔啊！仿佛要把整个
秋天送我似的

但我发现它看我的一瞬
又仿佛要燃烧
难道要送我灰烬
为什么要从秋的雨滴里
吐出火

问题是它的缄默
又深重又神秘
叶子的边缘有伤口
有谁的手刺绣的花骨

为什么要来
为什么要顶住
这头上多事之雨
为什么要紧闭双目

头有摇动的美意

身体有倾斜的角度
一缕风似乎疯了
荷花正拼命地开

陷　阱

小心翼翼地绣花
种下大朵的诺言，四周全是流云
那天，陷阱和我一起坍塌
一起遇难
相遇疼痛的眼睛和钉子

可是我乐在其中
与陷阱的本质为伍。囚禁自己
那些越过山丘的狼逃亡
它们躲避刑具：夹板、铁链、剑

最终我没有找到自己
仿佛我的前世端坐在陷阱中央
理直气壮，等待一场倾心的绞杀

鲜花覆盖鲜花
白云装饰白云
一次坠落就是一次爱情
请把掩埋的躯体还我

致 篝 火

她觉得她没有权利
将黑暗拨开
虽然它从缝隙使劲钻
如一束光上了舞台
站在中心人物的位置
在那儿
告诉观者黑暗是一层壳

她开始起身她要推开
光线中黑的部分
但是她发现生与死的名字
无法拆开了。就如当前
她迈开步就有熄灭
如篝火中的柴
她也燃得厉害

他有些不耐烦
过来啊——春风已在玉门关
她笑了。她知道风的衬衫
在摇摆

凡·高的眼睛

我真不敢看。仿佛坠入地狱的
一匹狼。黎明前最黑的一丝光
杂草丛生，星辰呈现

我经过时，你嵌入历史的额前
或脸的中心。两枚天才的钉子
潜入苦难，居然把世界钉出了血
拔不出的伤口能回家吗

谁都知道，你左耳花瓣一样飘落
只为那一缕所谓的春光
可俗世的打谷场只剩下空壳
你受制于忠诚的痛

阿尔一大片一大片的向日葵疯了
断臂的舞蹈吓坏了倒置的星空
苦难本身就是神奇的石头
世界何曾意识到，幸福被射中

可向日葵的血何曾少流
血痕如星光一样弥漫
在艺术的屋顶，一双智慧之眼
用尽了炫目

站在千里之外

那年我们在一方池塘
那么多的鱼和好天气
丰盈、晶亮
可突然就漏水了

今天，池塘见底
你信吗
一个傻瓜等待来世的雨降临
有人哭着，不相信水会自动离去

你说，或许池塘本身就有洞穴
有人捂脸。怎么会呢
只是，你一双沾满泥土的手
急急地在塘里寻找
过时的浪、刀子
还有一颗藏匿之心

没有谁能告诉我，水的来去
水的鬼魅，以及水的背叛和逆行
我看管它多费劲

后来，你走了。带走了那池塘
后来，我在一朵云下看你

你满身的波浪和掀起的水花
站在千里之外看你
感受水洼的芳香或恐慌

哦，蝴蝶

你飞进丛林就不见了
你得出了什么启示
我提着刚开的花去找
从自己幽独的路上去找

满城风雨，谣言可憎
丢失一只蝴蝶是二十四年前的事
关键是蝴蝶丢了，花园也丢了
丢失火，只剩下灰烬
而且眼看着蝶最后的丛林里
危机、惨案及自带的毒药
（据说他走时吞下三粒）

所以，丢失是一个噩梦
春也陷入其中。生命被生命弄倒
爱无足轻重
即使向天空找了，喊了
你仍两手空空

因为天下雪了，蝴蝶必须死
它必须回到来路
你必须两手空空
蝶死在自己的刀刃中
死在——花爱它的路上

我手上为何有血痕

一个春夜，我看见星光返回
以为蓝翅黑眼睛的蝶复活
以为腹部金黄、丝绸的鳞片在闪耀
却二十四个三月了
梦里只有一群花痴
真正贴近蝴蝶泉的
没有那一只

哦，蝶。真的将自己藏匿
或羽化飞升？是梁祝坟墓里逆袭的
那一只
梦中汲水的那一只

平静之说

看见平静时，是风和它
大吵后。它温和地向它道别
有礼貌地说：再见

平静的确讨厌纠缠，无理，无序
也憎恶刀。即使有
也藏在悬崖深处。在新事物爆炸面前
它就是跛子。聋子。哑子。傻子
只喜欢把一头黑发按下去

要说，它最像一头盲狮
盘坐山顶，可拒绝眺望
不看日出，笑脸，仇恨和爱
不允许在时间面前发出声
它躺在铁钳，绷带，止血药的背后
请求原谅自己

它还喜欢把落在地上的花瓣
分开来看，左边是缺口，右边是风
它看不见。喜欢把一轮落日剖开来读
一边抱着被子，一边端着冰
它看不见

真的，平静拥有那么多美德

我不打算拆散它。让它永远监禁
长久幸福。可今晚它在我骨头上行走
我喊它。它扑通一声
跳进河流毁了一世的英名

山深闻鹧鸪

把夜压下来
把黑胸针取下
在它的结构里装上我们的
嘤嘤鸟鸣

靠近手心的词语
拌着泥土味
种植桑麻种植小麦种植
我们的空想敌
我们都种到月亮里去

没想到，种植到云层
电闪雷鸣。我抱着月亮就跑
雨靴掉了

你站在月亮上喊
其实
我只逃到你的背面
雨透彻地清亮

看见他雪白的衬衫泛着光
我穿过你幽深的街道
世界仍旧寂寥

冰雪中的小提琴

一只飞鸟
击穿了冰的云层
没有火焰的火也是火

雪落满了琴身
增加了琴键的白
谁从雪地来
来击碎这颜色

金属的伤怎么形容
每一个音符都在跳跃
雪只能在旷野停留

雪越下越大
琴声越来越小
就只剩一丝了

为什么这样的对峙
是指尖与断裂的邂逅

雪突然停了
它刹那的脚步
卡在了琴声的低音部

最后的荷

春末，农民踩在池塘里清理荷
他们的结论是：死了
就见鬼去吧

荷的尸骨被抛到荷塘之外
春天到了深处
去年的光环
烧到了周围绿叶之心

可就一个上午，持刀的农夫
把荷所有的气息
打扫干净

荷塘终究化为一池污水
我根本无法相信
世界上的宝贝
也存在不确定性

应该说，荷这一代的消亡
是它完美的宿命
问题是，我独自一人
在它们废墟边徘徊
仿佛不是它们被绞杀

而是自己的牙齿
有重伤的痕迹
那么多清算，舌头又能怎样

一条河从远方归来

我曾经等待一条河流过
我的脚踝
倒影和子夜的渴望
倒影会说话，也欢喜被鱼吃
只是今日的渴望去向不明
一条河从远方归来
一定有它的急迫处或理由
我看见它时，扭伤了脖子
眼神混沌、沉默不语
据说它在雪山口被截
被自己的野心所吸
一条河流为什么在一月里消失
三月里起程
为什么满怀期待又沉重地愧疚
我在大地干涸时与它相遇
与它交换信物
它给我流动、闪亮、决绝
给我鳞片、鱼翅、沉船和石头
为什么沉浸在它的诺言或怀抱
它要推开我。浪大了会让我哽噎
漩涡够多。渔火在深处

对　立

十月，花园的地上那么多
湿漉漉的尸体。仿佛花们在抛弃
旧日的理想，在清空自己

花开一次是与外界的争战
它胜了。花谢是它的妥协

你看大海里的岛屿、火山、石头
沉船，都是大海爆发后的遗物

难道激情与美
终将还原为自己的对立

悬崖边上的小花

来啊，到我最痛处
越痛越美
来啊，到我坟墓里来
死者全都活着

悬崖边上
一朵野花。指尖大小
抓紧岩石。它是怎么活过来的

悬崖耸立
黑着脸。可这朵花仿佛是
绝壁的光亮
我想带它出去，到肥沃而安全的
地方去。但我被这想法怔住了

就一朵，一朵，最后的一朵
上帝最后的浅笑
想象着带它出走的我的遭遇

在秋的反光中

这是秋日午后的一个梦
是城市的反面
但也是城市的实质
一个下肢全无的残疾人
睡在公路左侧
有人告诉我，这是商贩的所为

躯体的崩溃到精神的泯灭
人们在街中心攒动的
上千个头颅。没有一个在倾斜
在注视、在劝说
冷风遛了一圈走了
只把一个物体变成了一次经历
把想象上升为城市的面具

商贩的吆喝声、高楼的霓虹灯
规划出来的热烈、喧嚣、繁复
去组合成一个城市的幻觉世界
而那个残疾的人在向前爬行
获得的可怜的钞票在另一双手里

阳光偶尔参与进来
照亮了路边一个思想家的雕塑
这石头之梦，这庞大，这坚硬

这清凉，这对抗
我从那儿经过
看不见大地，也看不见天空
只看见这石头
在秋的所有的反光之中

第四辑　左腿之谜

左腿之谜

对一个被命运抛弃的
残疾人，你怎么看
走一步必须将
左腿拐到右侧的一大步
我在路上遇见了他
本来是一桩平常的事
关键是我的左腿在那一瞬
仿佛也不会走路了
我想问一问是什么阻碍了
它的方向或力量
我的左腿好像在问右腿
你能帮我什么
右腿难道羞愧
因为多年前它们相互劈腿
吵闹进行过无数次争战
我送给了它们针灸、火罐、推拿
我感动它们最后的一致性
可为什么今日见到这腿
我生命之桥似乎就断了
那残疾人舞蹈似的向我走来
我立在一棵树的左侧
等他平静地经过
我都不知道这时他是残疾人
还是我。潜入海底多年的
礁石难道我还养着

玄　机

这双手有什么玄机呢，打过自己的耳光
反过来被自己二十八颗牙齿所咬
也掐死过树上的常青藤
缝补过秋天的烂衣裳。这双手有什么玄
　机呢
搬弄过是非，打开过上帝囚禁的暗室
在洪流中不顾一切地打捞忠诚的桨
它高贵中的肮脏，速变中的迟钝。它伟
　大得多么渺小
其实，它就是大自然的耳朵
当放它在上帝的胸前，它多想听见
春雷为它炸响，随即而来的无限涨潮
可今晚它被一只死皮赖脸的兔子盯住
很不自在。它想逃。但在弱小的
事物面前，它涨红了脸，它以为逃就是
不尊，羸弱，不堪一击，或凶险
它在触摸现实的裂谷之前，它喜欢上了
世界的战栗。这双手有什么玄机呢
子夜，十个手指被现实砸出血痕
有深有浅，有明有暗，有的死不瞑目
当然，更多的是它惯于弄坏事物的本质
又严肃地忠诚地修缮，仿佛一个蹩脚的
　泥瓦匠
在老屋顶翻弄天气，落日，野草

手被断裂的情绪划伤了，一朵红色的
　玫瑰
多么幸福的瓦片。当它面临灾难时
它躲到它的背后，绞在一起，雷雨就要
　来了

我想死去一会儿

事实上，只要我开始
反抗白昼，我知道
夜就要来了。于是安心地
梳洗，刷牙，放热水
倒尽脏处。我知道夜晚的毛病
它沉睡时需要洁净
需要每个人暂时死去

我欣慰于这种洁净
悬浮在我头顶
它们假装沉默假扮本分
不！我爱上了恐吓，指令
被雾霾遮蔽的天空

我要死去一会儿
让弯曲的背拉直些
让四肢喷涌的血自由些
我死去，在一株植物的叶脉间
醒来。黎明有它自己的准则

拆旧房门

工人们抡起斧头把
守卫二十年的秘密
拆下。没想到的是
拆下的门，门框
全暴露出钉子，它也有痛
被折断的骨头
堆在客厅。它们终究
成为过往的聋子、哑巴、笨蛋

门终究在我的生命里
充当了重要角色
记得一次电闪雷鸣
我死死抱着它
它在我耳边说
别怕：一会儿就会过去

我感觉到它的力度和坚定
我的手陷入好深
我摸到了它骨头深处的呼啸
和久经不变的体贴
说实话。它走了
一屋子的果实必然会腐烂
一屋子的声音必然暴露真实

与你跳舞

旋律是柔软的
交织着我们欲说还休的姿态
脚步是明白的
跳两步，四只脚踩着鼓点
雨打芭蕉
月点江河
对话在节拍上
飞起的两片叶子
有时真的不在舞池

跳四步，节奏是
两个身子起伏的总和
向左半步，向后挪移
身子尽量浮出
胸要有韧劲
步子要懂得谦让或追击

最让我美得心痛的是
跳快六步。要把全身的血
暗藏的三千朵百合
喊出来。要托起四只星光的
底座。要往里面使劲加盐
加玫瑰加云团加火

和你跳舞。我在出卖我
那么多我喜欢的
干柴。悬崖。刀刃
我必须往里跳
我必须死于舞蹈之手

凡·高与向日葵

摇曳而坚定的植物
与摇曳而坚定的手
他们同时打开又同时毁灭
他们的血在金黄的残缺里
穿透贫穷的云，陡峭的俗世

一次次靠近地壳的核心
咳嗽的、吐血的、癫痫的病
嵌在向日葵的骨头里
向日葵不说话，可它的秆，声大如雷
世界不得不捂住他焦渴的罪孽

没有什么花朵能有这样的飞翔
满山的头颅垂下
结实瘦弱忧郁的脸
它们被切断的翅膀陷入绝望的泥淖

这被生活蹂躏的天才的眼
这被黑暗强奸的屈辱的肩、背
它们喉头的火苗
它们的脚步漫延的雷霆
谁能拯救？向日葵的头被切断
永远是谁的命。谁的斧头高悬

请闭上忏悔的嘴吧，世界
让植物回到植物的根去
回到艺术的光芒，抵抗的消亡
几万棵向日葵在巨画中挺立
失误的天门啊——请打开
一颗星有更高的呈现

最后的爱

一

浮士德跟魔鬼交易
人类跟谷物谈心

谷物生长在田间地头
播种，插秧，上肥，耕耘
成熟后充当人类的情人

几万万年前你可听见
"我想到主人的梦里去"
"不，我永远爱那一颗虎牙"
"可它咬碎了我的心"

一群天真的孩子围绕着人类
人类的早晨
将它们一一清除

浮士德跟魔鬼交易
人类跟谷物
人类做的交易不止这一种
我是谷物中的一粒

二

人类进化到春天
与动物命运有关

先驯化牛马驴，以及骆驼
它们低头走路

人类是天空的太阳
一头驴眼睛迟钝
万亩小麦自我丢失

人类总担心
蚂蚁在房柱间的劳作
豹子在山顶嘶鸣

可否见橄榄树担心
儿子孙子榨成油

天黑了下来
星星点灯
没有对人类的绝望
就不会爱人类

三

一双手够了吗
天下就真实吗

一个人使另一人失忆
或诱骗一朵花的钥匙
上等果实流产
乌云四处奔走找它的亲信

由想象构建的秩序
决定了人类潜在的繁荣
树被砍伐还是树
泥土被贱卖还是泥土
可是谁的警察，谁的法院
以眼还眼，以血还血

浮士德与魔鬼交易
人类与日月抗衡
我想象着逃之夭夭
可今日仍在雾霾的嘴唇

这天终于混沌了

这天终于混沌了
这是秋必须有的事实
我喜欢这看不清黑白、深浅的世界
你可以大步行走
也可以小偷般潜行
你可以抓一把雾的神秘
或撞一头雾水

有哲人说，不知自己去向
正在人生的去向
那么，就是说此时
我正在人生的准确点

他的眼睛看不见了
慌张坦诚的鸟
总想知道这棵树和那棵树
根本的区别，受难的土地
或一只斧子深入的规矩

他的手也看不见了
劳动的带有暖意的粗糙
像旷野的植物
在这雾统治的世界里向我招手

他秋天的容颜也看不见了
剥去时间之核的微笑
一个小小的武器
人生混沌世界之烛光

蝴蝶园的飞翔

一堆花蝴蝶，在人类的香蕉片上
谈情说爱。香蕉片的甜蜜
使它们忘乎所以。它们飞啊飞
撞上了头上偌大的钢丝网
这才退回来，明白香蕉片的意义

一只蝴蝶一块香蕉片
多么合理的布局和诱惑
香蕉片散发出光。一种植物世界
最强烈光。蝴蝶们即使
伤筋断骨，也停泊在那里
等待它的笑脸或面具

香蕉片的确坦诚，与铁丝网构不成
关系。飞翔是远方的流水
桥墩在诉说别离
漫山遍野的花朵
背离了蝴蝶，寻找成为被抛弃的暴力

三 脚 架

公园一早就有声音
一个残疾人从音响里
向路人传达他一生的意义
他脸涨红，有点扭曲
仿佛被歌词或身边的一棵苹果树
所激励。二胡在他手里摇晃
仿佛那才是他自己
掏空。死去。然后蒙上蛇皮
又可以发声

他从死亡中来，他的声音
抓住了被遗忘的一切
过路人把硬币丢在石板路上
那声音里有人影和天光的晃动
总有几点火星向他投来
他看不见这些。他只顾唱

只顾唱。站着的身子倾斜着
一条腿没了。用一个木棍撑着
我总觉要掉下来
这个奇怪的三角形
仿佛把公园的早晨划破
好在有几只鸟儿飞来
落在这三脚的支架上

河流到底是什么

大地无法愈合的伤口
还是绵延迂回的疑问
历史、经典、日月
来回答过。英雄来拆开过
这疑问的骨架
这伤口的笔画

这痛苦的波涛到底
是什么？这压抑的水草
这腐朽的枝条、这千年沉船
这永恒的鱼、虾、贝
它们靠什么活着并死去
春天花瓣的诉求，夏天闪电的
迷茫，在江面一闪而过
为什么秋天的黄金之箭
射向江面夜之倒影

子夜，河流为什么不语
又洋洋洒洒铺陈光之文字
谁来过了谁就明亮了
波涛难道是历史的一盏灯
一个个心脏的愈合与破碎

没有比河流更爱两岸青山的

它们互为友人又互为敌人
面对闪电别吱声，山压着水
暴雨来了，河流戳痛着山的筋骨

世界互为恨还是互为仁慈
或互为伤害之美的美
难道这就是河流永恒的疑问
"原谅他的罪恶，也原谅他的美德"

泸沽湖的猪槽船

一截扎实的木头把中心挖空
横放三四个木条就是
一条猪槽船了

猪槽船像一片不老的叶子
我们几个坐上去
仿佛就填满了这木质之心
像一个虚空的果实

"去哪儿呢?"摩梭女人摇着桨
"沿岸而行吧!"
我担心这猪槽船的逼窄
四周的云又故意地悬吊
我担心在中心有诈

其实它划行的速度惊人
仿佛一列小火车
在湖水的软肋上
留下无数的伤痕或暗影
仿佛青山用过的衣服
剩下泪渍或残缺的梦

五月的雨天

今晨六点起床，一听窗外又是
小雨的气息。窃喜。五月底
大地仍是一片安详，潮湿
潮湿的手指爬满窗外的山坡
山坡上的枯枝立马就活了过来
潮湿的踏实的花香潜伏在五月的莲池
莲池的脸上着实有了好看的睡意
雨不多不少
刚好将昨天二十五摄氏度的尘埃
和丁点的火气的上升一一洗净
雨以听不见的庞大性感指数
在泥土中渗进转世投胎
又一茬的绿便一天之内滑出来
五月，雨天的美，我不尽言说
满街的连衣裙有了下坠的轻盈
少女们的笑声少了粗枝败叶
我走过一棵巨大的银杏。它悠闲的
叶片正忙着呼吸恋情。它们的交配
多么和谐。银杏的眼睛闭上
雨没有避讳的白昼，就自顾自地
投到树的年轮里去。雨抚摸它
叶缘的缺陷，它立马就膨胀了
一棵巨大的高高在上的银杏树
此时真的就俯下身来变成一个季节的

神秘

雨天，五月的雨天，听不见雨打芭蕉的
大珠小珠，但田野里透着阳光的雾霭
多么轻慢。可等我伸出双手去捉住它
们时
它们神一样地飞走了。大地的安详仿佛
分娩的产床，干净的血，伟大的繁殖
只剩下菜畦地里被拔出的伤口在缓慢地
医治

我爱你的眼睛

爱你的眼睛胜过
爱你的语言
因为你的语言
有不明确的过滤器
如雪花。且飞且落
到底哪一片更有诗意

可是你的眼睛愚蠢得
如你的敌人
和盘托出不该有的武器
当然，与你战斗
水面溅过的烟火好漂亮
是我见过最迷人的子弹
洞穿更具性感

那天，你站在水里四肢徜徉
呼唤我的名字
可是我不会把水分子剖开
我紧抱着它们不下陷

当一艘船已开启马达
为何深入的鱼群乱窜
为何长满苔藓的礁石翻身
为何我们紧紧拥抱
还是有一股难以分辨的急流

秋　至

截断河流
截断虚妄的灯火
那些沾满水滴的指尖
我已驱逐。秋如期到来
美和绝望都是好东西

早就知道
天高云淡藏着空洞
果核里有阴影的毒
收割后的庄稼地全是收割的痛
你和我关闭了炫目

枯草里埋着最后一颗子弹
是留给自己最后的信息
秋天的眼神忽明忽暗
你根本不知道它为什么要来

夏日的火焰只为虚张声势
一粒粒灰烬在大地暗黄的衣裙里
我不想与它们靠近
我喜欢作壁上观

没想到的是，你的眼神
你爱的万物从来沉默

我是你爱的芭茅草
清新而委屈。为什么它要
躬着自己的思想

算了，毕竟你还是来了
穿过夏的余怒来到我身边
握着你的手，冰凉
我们拥抱，一种分别仪式
我们笑了，知道悬崖就在绝壁

命　运

一个疯狂的想法
使他冲出自己的房间
"我只需握住你的手"
在咖啡馆里，他的眼神呆滞
他以为可以逃离、可以死去
相反，命运收回了他的自身
每次崩塌都注入了他的幻景

"我只需握住你的手"
生活寄放着她的秘密
越是废墟越是迷人
他忍不住咬痛自己
他禁止在一个自己反感的通道里
他嘴唇紧绷。通道依旧沉默
他在自己的房间里
重新对旧事物确认
一把缺腿的椅子
一把换了又换再换的钥匙

自带光环的石头

空调在深夜的声音犹如马匹
我老是想着山坡上有乱石
巨风一来它们从山顶落下来
谁也不能阻挡

其实夜被空调磨破
夜的沉默或寂寞，甚至含冤
都有缘由。那一夜
谁被一块精致的石头所指引

夜的鼾声仿佛小了些
又仿佛穿过了石头的叹息
谁把这闪光的石头惊慌地放进怀里
又是谁端坐山的中心

梦中，一尊裂谷口端坐的石头
它自带光芒
站在高处对着众人看
我在谷底走，它黑着脸
仿佛我们是八百年前的怪兽
我的脚在抖，在诉说路途崎岖

夜包裹着岩石的光。暗河散去

我们跟随谁的脚步，谁没有了方向
这块自带光环的石头
为何在心中兀自耸立

你叫我一声菜花

我不立即回答
站在路边、坝上，听野鸭
穿过春天。学习鹰的翅膀
穿透雨

我要你绝对的高音部
穿过灿烂的菜花地
有时听见旷野的低吼
清晨的饱满
浑厚有力，也不慌着回答

想看看激情的战马
四蹄如何奔放
在你的脚下，一朵卑贱的菜花
如何紧张地挺立

琴声来了又飞走
为什么在高空截断？还放进颤音
为什么越飞越远
隔着那么多梦，我到底是谁的梦

唇边的话与刺进骨子里的话是不同的
当你翻山越岭，计划要到达
我从梦中跃起。一朵平凡的菜花
要拿出多大的勇气才能与你相见

你棕色带花纹的胴体
轻盈带横条纹的上衣
你触须的干扰，空中飞旋的速度

我真的不喜欢昨晚的事件
一群黑蜂穿来穿去，以为是它的领地
怎么会是它的
好在天快亮了
你坚定地站在原地
十亩菜花向悬崖边开

一朵花瓣四枚、枝干上辐射对称
中间的花蕊弯曲着凑在一起
它天生胆怯、弱小
不出十天就会消亡

你看枝丫上爬上来那么多的
绿色之手
在喊我交出命
左边的花瓣也等不及了
它嘴唇上有火，还有去年的毒

哥，你用高声部叫我一声菜花
我什么都给你，这些骨头里的黄
骨头里的金子，骨头里的铁
都给你
你燃烧吧，我真金不怕火炼

穿汗衫的女人

穿汗衫的女人
江面上，安静地摇着松木桨
穿过夕阳
最后的经脉和血

穿汗衫的女人
将水面上光的嘴唇聚集在船头
女人的双手摇着心事

此时，她沉静的船头闪着银光
她回头，看见船尾
夕阳的手掌像她二十年前
男人的手掌

拨开水面，江河的皮肤
一弹即破。她如一朵睡莲坐在中间

穿汗衫的女人
夜晚的一片新鲜花瓣

第五辑　可爱的子弹

哦，火焰

真的被自己灼伤
眼皮、唇、肝、心肺爆裂

又被寒冬所逼迫
这欢喜过头的错误

这尖锐有限的雪的奔涌
这冒着青烟的咆哮

这小小的身子，柔软的枝条

苹果的走形

当她从我这里离去
仿佛一个期待已久的果实落地

有香喷喷的汁液
有丁点触地的伤痛
也有可能重返枝头的奢望

甚至看见她渐渐消失的背影
我觉得这苹果开始走形

她一会儿停下
仿佛在等待又一个亮点

她滚圆滚圆的脸
在自己喜悦的深渊里
开始悄悄呼唤更深的理解

武陵山记

它丢失了路
弄错了出生地
它的到来令整座山惊惶
它知道自己的茫然
也知道自己的胆量

巨大的悬崖压着它又托起它
悬崖是它的产床
这做着噩梦的岩石
这冰冷的石棺

想到这里的时候
它却笑了。它到底编织了多久
它为谁编织
一颗心为何越美越战栗
全是雨雾、全是眼泪

大地的美是上帝造的
深渊的美难道是魔鬼
它想到这里，一半绿一半红的
身子在石壁上再次出现

惊呼声的到来
我相信是因为两弯不离不弃的虹

一定相约上亿年

它们轻松地抱着荒岩
它们幸福地弯曲

阳光再次从悬崖顶大把大把地
漏下来。仿佛裂口就打开了一些
仿佛刀痕就柔软了一些
仿佛谷底有一朵永恒之花盛开

可爱的子弹

说不清子弹可爱在哪里
只记得那天清晨六点三十一分
它斜穿过草坪，和土地对话——

"我只是来，不带走什么"
"我知道——来者不善"

"不！我只是来看看
对我的态度和献给我的时辰"

"拿走。活厌了的山水
你想洞穿的黑袍及虚空的稻粒"

"不！我只想擦破沙砾的皮，接下来
藏在你温暖之地"

"来啊——拿走植物中多余的东西
稗子的背叛，亲爱的虫子"

"不。我只是躺一会儿
我感到疲惫。全身心的冷"

"来啊，来洞穿花朵谎言的秘密
空心草设下的陷阱"

说完，子弹就钻到土地的口袋里
土地摸着它冰凉的身子
光芒立即暗下来

我确信，有些子弹是要命的
有些子弹是命要的

梨对刀说

不要弄出声来，我知道你在削我
你虚张声势发出声
再把桌子当磨刀石，你怕什么呢

我知道，你先脱去
我的外衣，然后就一刀两断
我的心就碎花花地落出来

你放心，我既不哭，又不喊叫
可我看见你从我的心壁
抽出去的迟疑，是嫌刀口太小
我不会逃，请再来一刀

我喜欢你的伤害或者说
用刀刃吻我，幸福的吻啊
我才知道自己饱含那么多营养

我看见自己
一瓣一瓣地开，在桌面上
伤口的香刺激我
全身的痛聚集在我的大脑

我狠狠想，我是怎么爱上你的
我狠狠想，是什么时候爱上伤痕的

每一个刀痕都整齐，匀称，有力
如子弹穿花在臂弯里
如闪电的锯齿

我知道我活着的意义
我拥有树上的光芒
我知道死在你手里的价值
知道爱的终极那不是爱

让我继续活下去
应该说，每把刀是我的罪人
应该说，每把刀更是我的恩人

没有一张叶子是正面的

没有一张叶子是正面的
当秋风乍起
每一片叶子用生活的另一面来
抵抗。或者逃亡或者消失
其实叶的舞蹈
也够绝尘的。那金色的光芒
把一双双俗世之舟照得惨淡又
刻骨铭心。有多少回家的路

其实，那光芒是死亡造就
越是死亡的越永久
只有那沉默的行走那低沉的
足音与叶片构成生的另一景致
哦，秋，你的面具暗藏什么
为什么万物逃匿
你远方的呼吸为何带着齿痕

苍茫之说

就像云，一会儿是奔马
一会儿是死海
一会儿一片蓝转为黑
就像山涧的流水不知去向
就像一个你天天盼望的人
走在你面前你不敢叫名字
那种空或那种讪笑
都会咬着后山的落叶说
活好，请珍惜每一秒

最难医治的是
仿佛什么都满了都膨胀了
恰恰相反这是形而上的自足
明明是瘦弱矮小草本植物
偏偏要看天上的玩物
结果是一头雾水一身疲惫
还好，这苍茫落幕中的一小段
遇上了落雪

这可怜又心高气傲的家伙
它的到来增添了虚无的图案
这四处游说的文件谁能理解
这粉碎性骨折这思维的碎片
落下一秒就飞了

手心那一小块的生命线
哦，这雪这冰凉
这人间的遗物

多么好的逃离。死亡这么好看
这掉下来的节奏多么慢
我退回原位的步伐多么迟疑
苍茫在远方叫我，我还在等什么呢

月 亮 颂

你是自己的敌人——

切割二分之一三分之一
四分之一五分之一
干脆把自己变成一把刀

弯刀也万人痴迷
于是你涂上寒光
涂上绝尘
涂上刽子手发光的名字

一块给了乌云
给了火
一块给了海
给了浪
一块给了树杈
鸟巢多么静谧

哦，陌生人

哦，陌生人
你慌张的手势还好吗
你急促的呼吸还均匀吗
哦，陌生人
前世已定。这儿经过
与你擦肩

那一天的雨多么病态
下一阵停了，刚好看见你
在滴下的纷乱中
你如一只淋湿的蝴蝶
看着我起飞

我刚好在雨后的笨重中
艰难的样子
那么多穿过我的影子
或刀子

我贴着你冰凉的羽翅
向下倾斜的姿势
你回头看了我一眼
就一眼。多么狠

闪电般地迅疾

多一点弧度不好吗
为什么这么干净
流水一样不好吗

你上舷梯的瞬间
倾盆大雨。世界躲进了
你的世界
机身闪亮
一朵花早早地黯然

雨的到来

意味着把事情想通了
该离开的离开。该留下的留下，就像雨
先把自己分成若干份
一份份地投递。总有些东西
留下。森林的一个坑里或
一朵花的伤口里。这都是偶遇
所以雨总是有很多的话题
与泥土讲，与树枝讲
一般子夜的雨特别大
她一生中该遗忘的东西都在
这里。她独自清理或一刀两断
闪电帮助她看见真实的
自己。穿过自己的防线
雨首先反对自己。她决然地
站出来了断一切事情
可是一滴雨的背后都有一双手
拉着她的去路
她不知道自己那么眷恋虚空的
东西。一切依附于天空的过去
我在哪里呢
沿着自己的判断走下去
无就是有。雨被雨的眼泪
打湿。
她潜入自己又放逐了自己

若尔盖草原的天空

在若尔盖，我注意的
不是草原，而是草原上的天空
它比任何天空都心事重重
云上是云，云心里是云，身外是云
脚步不停地往草原上挪
拥挤。奔流。喧嚣。在吵什么呢
有时真的就压下来
那黑色的蚊帐，摔坏的凳子
过夜的酒。我看不清它们的脸
蕴藏的力量或仇恨
有时莫名的聚集，如千万部队
从不同的地域赶来
又一场战争。灵魂仿佛被困
所有的怨恨都在那里
制造谎言或真实，虚空或梦
一场急雨。逼迫草原往后退
我就站在一个小山坡上
多好的雨啊，它淋湿了草原和
我的记忆。所有的云都是
脚步，都是开始或结束

关于沙子

在海边
沙子让我睁着双眼
像傻瓜一样保持呆滞
可是，当沙子在我大腿处活动
海水一样钻到我的后背、颈窝
我全部的力量复活

但是，我知道无论怎样努力
沙子都不会弃我而去
甚至是一种保护。它说
重要的不是一种障碍
重要的是让我进入一种警备
保持一种姿态，再深入下去

海风呼啸，鸥鸟盘旋
沙子四处逃窜
我在它温柔的陷阱里
几乎迷失了方向
沉默不是一个词语而是一次
浪涌。它不应该是一种恒定的
火焰，在沙子中

寻　找

我看见死亡离我的兔子
越来越近了。一滴殷红的血
从远方落下来

我在想，当河流只剩下河床
当山峰只留着白骨
当你的眼里只剩刺痛
我们到底离什么最近

生命的声音如游丝
一缕一缕穿过地平线
它以为只要坚守就一切安好
其实，死亡是一件旧衣服
该脱则脱

我的兔子就这样一动不动地
躲在一个昏暗的角落里
难道它在等谁的脚落地

窗外有什么动静让黄桷兰叶子
漂亮地落下
我在书桌前寻找一把
奇形怪状的钥匙

你不要抬头

你不要抬头看我，亲爱的
你一看我，我眼里的羊
就要跑出来。你看它们四个小蹄
正在往外挤。我用秋风
拴好了它们。我怎会让它们
满山乱跑呢

你不要抬头看我，亲爱的
你一看我，我怕眼里的针滑出
母亲临走时告诉我
孩子，你生性善良脆弱
给你一根针吧，放在眼底
必要时拔出。你看它今天变得
多么乖巧。把针头磨尖
把身体磨亮

亲爱的，我们都埋头走路吧
手牵手，遇到坎坎坡坡
就互相捏捏手。妈妈——
你听风又吹来了
它吹黄了那山，又吹黄这山
秋就要来了，它比风更厉害

方格纸的上方

我怎样下笔
怎样构思一个冬的
披风和夹袄？你站在方格纸的上方
为什么不下来，酝酿一场风暴
一场惊心动魄的飘雪
把冷飘到极致

你就站在那儿
我的白纸黑字动弹不得
我想游离一些韵脚
我想升起一些波澜
我想变换一些叹息

后来，方格纸上就有了
你的影子，你的翅膀和不小心
我知道，明年春一来
你会离开我的方格纸萌芽，上升
你光芒一样的刺眼和绿

今夜，我要写下我的诗句
我要填满那格子
填满那虚空的部分，夜巨大的缝隙
让它长满器官，包括焦渴
折断的音节以及诗稿的嘴

木柜子如是说

这下好了。自己拔掉了
自己转角处的钉子
弯曲的，一个又一个，不怕牙断
雪崩，更不怕身子哗啦成一堆干柴

天空下的火焰正等待一场巨变
请让我站在屋外，抓紧每一粒灰烬
请让我站在屋外，给蚂蚁点灯

其实，我的前世能装下什么呢
主人的旧衣裳，碎时光，变形的一张
　　张脸
一只孤独的手套，一场不能躲避的雨
柜子，木柜子，难道配周游世界

今天我庆幸，彻底打倒了自己
拔出那么多带血的钉子
它们口口声声说"爱"
还唠叨，给你结实，给你终身意义
它们爱得越深我痛得越烈

可一转身，又能怎样
屋角，床底，阳台靠右处
小柜子上的大柜子，一座山上的又一

座山
上锁。封闭。一串生命的痛
在黑暗里发酵。几百张黄手帕，有烧伤
的暗疾

半边残玉，靠近我的胸部
伟大的钉子，请允许离开你
我把所有的岩石，悬崖，还有那
一封封匿名信都炼成火，还给你

一朵海军蓝的火苗

我不是你的包围圈
更不是冲天叫喊的木柴
我是火，但不燃烧。我是火，但拒绝
　　红色
我是一朵海军蓝的火苗
贴紧你身子跳跃
在你宽大而古老的海岸线里
我取你的暖，但不供养小气的冬天

我有时爬在你的背上，想变成雪白的
　　浪花
随你的心飞啊飞，但找不到你的故乡
甚至有时奔跑在你眉尖
看你如何将天边的海浪变成花苞
但也只能在它的边缘流浪
直到一天我吻到了你手心的飘雪
才看见自己多像一朵梅，一朵你手心的
　　蓝梅

可风时不时紧盯我的产地
走路的曲线，一高一低的喘息
我知道终究有大火的逼近
远方的礁石有白发魔女
因此，我躲在你的眼里

看世界流泪。你从容的脚步
我躲在你沉默而智慧的袍子里
看冰呼吸紧促。你柔曼的琴声

最后，我躲在自己大片大片的忧郁里
冰凉的火焰里，我把自己抱紧
不！你把我抱紧吧！岸，你看我
满身上帝的海水和你莲花般的眼神

无意避开这场雨

其实，我无意避开这场雨
不是不想了解它的真相
而是怕真相有刺目的光芒
我知道它汇成湖水的牙
柔软而尖利。荡漾的活力往往
生出阴霾，苔，变换手法
我不敢靠近，远远地看
得到的同时正在悄然失去
实话实说，生物界的脚印
本身就靠近腐朽。比如你那双
涉过千山万水的鞋，它已经不堪重负
但你仍不离不弃，你是爱它的灯油熬尽
所以那一场来得突然的雨
虽然蹊跷，但我心平气和地
送它回家。我看见它穿过沼泽地
山的背面，石块的经络，几间茅屋的
倾斜。我不喊再见，不说想念
一场玄机在雨的子宫里潜滋暗长

花工与切割机

一台棕色的切割机如一头棕熊
在人行道的植物上空咆哮

花工不说话。切割机刀锋锐利
恐慌的植物四处奔走，它们断了的头
聚在一起，还能密谋

花工的头摇了三下。时代的侏儒
一堵堵花墙成立

所有的思想都是多余的
所有的脚步都在后退
向上就是向下，切割就是繁衍

当切割机如智者一样挺进
它嘴皮吐出乌云，谁养育这巨大的阴影

万年青的嘴肿胀，铁干兰失去了手臂
一大片野生菊遭遇了强暴

我从路边经过，先是被雷一样切割声
　震惊
然后看见一地的尸体

可我惊奇地发现，一朵精气神十足的
　　白玫瑰
从死亡堆中站起

难道它看见，黄昏的皮鞭下
花工正扛着忠诚的切割机，一边踉跄
一边摔倒

看 桃 花

用它的粉做一次
反叛的月色
做一双妖艳的眼

"桃之夭夭，灼灼其华"
诞生万万年前
它一直走在春天植物的前面

而且那种美，"舍我其谁"
春风做媒。雨和桃花
如干柴烈火
一抱着桃花它就私奔
雨把它带到哪里
它想都不想

抱着死难道是生命的极致
比如蝴蝶若即若离
是不是令桃花憋闷

迎娶桃花吧
用宏大的场面
用宏大的泪

下雨的天空

真不知道是该庆幸还是懊恼
往事一夜间逃离
潜逃是可耻的。但雨的潜逃
相反让天空真正地认识自己
居然拥有这么多梦
这些亮晶晶的废品居然住在
家里。它们究竟是谁
是什么充斥着我的身体
飘浮的暗影或飞翔的停顿
它无时无刻不变幻着面具
同时我也给了她许诺
在这儿吧。请施展你的长裙
谁知道她的来历
在我的履历上填满她的地址
但哪一个是真的
下雨的天空真的很沮丧
它认为自己是世界上最空的
空楼梯。雨万千吨万千吨地逃离
在连绵的阴影中它多想折断
另一个自己
然后不断抽出新的生命

清洁老房子

铁刷子毫不知情
把不该擦掉的眼神擦掉
抹布深入其中
可怜它被三十年的钉子划破

多年的烟火嵌着老灰尘
清洁工几乎跪在地板上
一层层的故事
被铁刷子一层层剥开

踢脚线已破口
抹布就守着一幅画里里外外地工作
有什么破绽值得它研究
说实话，我不看好画上的生活

一条路伸向远方
就真的有远方吗
一朵花顺着门前开
就真的有烟尘味

窗台真的太脏了
那么多思想丢下的废物
来去变换的影子
暴雨的脚印

一只鸟的反复跟踪的忠诚

哦。老房子。原谅我
背弃一种生活是另一种生活
哦。铁刷子。你尽力抹去
其实无法抹去的暮霭
我给你们清洗的夕阳
给你们一段停滞的河流

雪与玫瑰

说实话，看见它时
被雪淹没了脖子
雪站在高处俯瞰
玫瑰只挺立一丁点花蕊
仿佛在这苍凉的世界发出暴动

多么微弱的暴动
雪因它深陷而欢呼
然后一瓣一瓣地爱
我看见了此花的悦服

只剩一丁点颜色
只剩一丁点呼吸
我的心抓得好紧
美也是灾难？爱本身就是较量

其实，当雪围攻玫瑰
玫瑰仿佛痛至谷底又仿佛
升腾。一滴火，在雪中燃烧
撕碎了背景，永恒的法则
而且由于它不灭的辉亮
它始终高于雪自身

在舷梯上

在上飞机的舷梯上
一朵陌生的云，清凉干净
飘在我的前方
它回头的一瞬，幻化成
一天大雨

我是怎样一株植物
在这高蹈虚晃的地带
脱轨？呆滞？或坠落
舷梯无言，伸出瘦弱的身子
我不要这雨雾

这巨大的瀑布
这怀抱三头六臂绑架我
这飞升的夜

这五彩的眼眸
我爱。可我伸出这
无限量的枝丫抵住

舷梯摇晃，夜伸出舌头
我小小的心已缩成

一过时的坚果

为什么要裹紧这人世
这人世迷人的风暴
云因而散了，雨因而浸淫
整个山城
飞机的心脏关闭了

在卧室看月亮

我看见它时
它正落在窗台
我请它对坐
不涉及它的失踪
只请它喝茶

茶叶在杯底拉琴
仿佛不认识这夜的沸水
月亮滑进另一口井

我品茶
嗅到了它的味道
清爽干净，通体晴明
这个世界的尤物
只在我唇上

为什么暴雨抢劫天下
雷电抢占山河
我常喘不过气来
只在乌云堆里认识自己

我看着结结巴巴的月
仿佛有液体浸出
身体开始膨胀

这物质之外的处子
我和它只有半米距离

我想象抱它的感觉
准备把窗台的柳条送给它
把颤抖的指尖送给它
把一场风暴后的遗物送给它
不！它已经离去好久了
仍被那朵乌云爱着

坐在卧室的地板上

坐在卧室的地板上
看满屋挂着的衣裳
它们时尚、张扬、呼吸急促
走在我前面

大街上，它们是我的冲锋枪
风与裙摆争夺地盘
斗篷式的大衣吃下
埋伏的夜
那件超短裙我只在
春末黄昏时穿
它有霞一样的子弹

它的主人
正准备退回
一场春梦

我有好多衣服
买它们时
承诺：是我的
火焰而已
悬挂在衣架上
等着我去点燃

但是我一边制造战事
一边又退回湖泊
我要赶制清澈的湖面
又要弄死自己的杏花眼
一件绝对性感的裙子
我首先想到的是冷死它

真的，坐在地板上检阅
那些空耗青春的服装阵队
我想象着一个女人
对世界的被动

我在阻止一些事情

我在阻止一些事情
我在推开鸡蛋边的石头
我在分离蛋白，蛋黄和骨头

谁也说不清天空的本色
当我深入云层
才发现天空深处的花
不是花

我不是一个喜欢
搬起石头砸自己脚的人
自己的脚
不是别人的脚
它们的速度也太惊人了

我在化妆间丢失了唇色
在秋天里丢失了果香
在你到来之前丢失了自我

我在阻止一些事情
我知道它不会来

刺刀可以做许多事

刺刀可以做许多事
但想安心地依靠它
不太容易
比如那个早晨我叫醒它
就一个小小的动作
它找到了我的谷地
第一眼刺中了那根稗草
第二眼也刺中了那根稗草
但它退回来时
被田中的一块大石头绊倒
缺了一个口
它看了我两眼

我知道它的痛处
知道它依靠自己的直接经验
是错误的
那根稗草躲得极深
把它揭示出来真要它的命
一种秩序的打破需要更多的
被打破的秩序

说实话一把刺刀的锋利
首先是属于心的
但心是两面间谍

常常听到田野间的尖叫
揪着不放
又退回来把自己藏好

看大象表演

两吨八的身体
居然一只脚就叫它旋转
我们是看它技艺的高迈
还是看它内心的举重若轻

其实，大象是笨得要命的东西
可人类的教导、训斥、鞭打
挨饿，或百般的诱惑
痛苦的石头长出了智慧

我想象不出，几吨的石头
怎样在又窄又轻的木板上旋转
倒立，走平路一样地走钢丝
生活的悬崖长出奇妙之光

我也想象不出，几吨的石头
被鞭打时，它是如何委屈
又是如何无以言说
一切都烂在心里

命运的集结号
妥协是最高境界的宿命
谁是谁的主宰？当表演场上
欢声雷动，谁看见了它内心

漏洞百出的河流

一只大象在表演场上奔跑
向四周人群屈膝，弯腰，磕头的过程
一只大象在表演场上奔跑
把一个小孩如花一样抱在
怀里的欣喜过程，究竟构成了
人间怎样的评判

我总是看见深渊的东西
总是泪眼模糊地看见它
眼睛向下，温和的表情
总是看见无数苍蝇在它的四肢
啃噬的欢喜

你 的 手

每天被阳光照耀
两朵黑玫瑰
会飞翔会讨好的小鸟
柔软的翅膀
蜜蜂的嘴包围春天
我的嘴包围这座城市
我靠近它，轻嗅
黑色的花蕊和水滴
谈吐自如，十指连心
穿行。相扣
白与黑。春末。马匹
这飞翔的高度。这降落的神秘
枝丫轻触

密　室

松弛的世界应该是
雪的到来。你看它在空中漫步
仿佛每一粒雪都在
数着自己的心跳

不！更慢。夹在自己的温热中
不！更慢。梅指给雪一条新的道路

是谁在说话
雪以银之梦装饰它们的疑问
底片的暗室
一刹那的曝光

深渊的美

爱创造眼睛
那天她把眼睛闭上
我感觉她在飞翔
从死亡到天堂
或者正在从海上下沉

夜表现出狂妄的不安
或难料的平静
反正我对着她看
希望从她的眼睛里
读出所到之处
读出深渊的美
雨季的阳谋
读出香蒲的旗帜、平衡

可她心甘情愿地掀翻
这一切。打乱节奏
脸上却挂着淡淡的笑

仿佛在收获喜悦
又在回忆的迷惘里

等我到达她的去处

她正在完成一双眼的任务
像盲人一样惊喜
又像盲人一样被心奴役

图书在版编目（CIP）数据

白火焰/邓晓燕著. —沈阳：春风文艺出版社，
2020.3（2021.1重印）
ISBN 978 - 7 - 5313 - 5562 - 5

Ⅰ. ①白… Ⅱ. ①邓… Ⅲ. ①诗集 — 中国 — 当代
Ⅳ. ①I227

中国版本图书馆CIP数据核字（2020）第038004号

北方联合出版传媒（集团）股份有限公司
春风文艺出版社出版发行
http://www.chunfengwenyi.com
沈阳市和平区十一纬路25号　邮编：110003
永清县晔盛亚胶印有限公司印刷

责任编辑：姚宏越　　　　　　　封面设计：黄　宇
责任校对：曾　璐　　　　　　　幅面尺寸：134mm × 207mm
字　　数：105千字　　　　　　印　　张：6
版　　次：2020年3月第1版　　印　　次：2021年1月第2次
书　　号：ISBN 978-7-5313-5562-5
定　　价：50.00元